Peter Michel

Sternenaugen

illustriert von
JONATHAN WILTSHIRE

Aquamarin Verlag

1. Auflage 1991
Deutsche Originalausgabe

Voglherd 1 · 8018 Grafing
Illustriert von Jonathan Wiltshire
Layout: Annette Wagner
Druck: Wiener Verlag, Himberg
Herstellung: P & P Lichtsatz GmbH, Grafing
ISBN 3-89427-002-0

Für meinen Neffen Sebastian
und die Kinder einer neuen Zeit

Inhalt

Im Garten des Lebens 7
Im Haus Elfenreigen 19
In der großen Stadt 25
Bei den Wasser- und Luftgeistern 29
Bei den Erdgeistern 39
Bei den Baumgeistern 45
Die Lehrerin 51

Im Garten des Lebens

Die ewige Sonne leuchtete über einem wunderschönen Garten in der Geistigen Welt. Sanft wehte ein warmer Wind über nicht enden wollende Wiesen und wiegte die Blumenkinder und Gräser in spielerischer Harmonie. Lieblich dufteten die Orchideen und Rosenbüsche und in glänzendem Rot und Blau strahlten die Mohn- und Kornblumen. Grenzenloser Frieden lag über dem „Lebensgarten-Tal“.

Am Rande einer kleinen Wiese, die von mehreren Schneeglöckchen- und Krokus-Familien bewohnt war, sprudelte ein kleiner Bach, der einem kristallenen Quell kurz unterhalb des „Summvogel-Berges“ entsprang.

Am Fuße des Berges, der seinen Namen von den vielen winzig kleinen Vögeln erhalten hatte, die in seinen Bäumen nisteten, saß ein kleines Mädchen neben seinem weißen Pferdchen. Einigen von Euch, die Ihr vielleicht die Geschichten aus dem Buch „Der verzauberte Aquamarin“ kennt, ist das kleine Mädchen schon begegnet. Sie heißt Christina und ihr Pferd Silberfellchen. Vor vielen Erdenjahren war Christina gestorben, das heißt, sie hatte ihr Erdenkleid abgelegt und ihr himmlisches Gewand angezogen. Silberfellchen und seine Eltern, Silberwind und Silberwolke, waren gekommen, um sie abzuholen und ins „Lebensgarten-Tal" zu tragen. Hier fand sie viele neue Freunde unter den Naturgeistern, den Tieren und den vielen anderen Kindern, die mit ihr in diesem Himmelstal lebten.

Nach ihrer Ankunft – und dies war das schönste Erlebnis in der Himmelswelt für Christina gewesen – erschien ihr Schutzengel im „Lebensgarten-Tal". In einer goldenen Lichtkugel schwebte er aus einer anderen Welt heran, um allmählich eine sichtbare Gestalt anzunehmen. Wunderschön war er anzuschauen, und Christina blickte mit verzauberten Augen zu ihm empor. Sie wußte seinen Namen, denn sie hatte ihn bereits als Erdenkind einmal erschauen dürfen, und begrüßte Pharaniel mit übergroßer Freude.

Pharaniel war lange bei ihr im „Lebensgarten-Tal" geblieben, um Christina alles zu erklären. Zu ihren neuen Aufgaben würde es gehören, für die Schönheit des Gartens zu sorgen. In Zusammenarbeit mit den Erd-, Wasser- und Luftgeistern sollte sie die Blumenkinder versorgen, die Quelle und den Fluß reinhalten und alle Lebewesen des Tales liebevoll behüten.

In der Mitte des Tales befand sich der „Orchideen-Tempel", dessen weiße Marmorsäulen vollständig umrankt

waren von den allerschönsten Orchideen, die man sich nur vorstellen kann. Über dem Eingangstor, einer Girlande gleich, wuchs die prächtigste von allen – der Tausendkelch. Ihre zahllosen Blütenkelche öffneten sich nur zu einem bestimmten Anlaß, wenn nämlich die „Lehrer der Weisheit“ den „Orchideen-Tempel“ besuchten. Alle Kinder des Tales kamen dann zusammen, um den anwesenden weisen Lehrer zu besuchen und über die Geheimnisse des Lebens zu hören. Im Tempel lernte Christina, auf welche Weise die Blumen von den mächtigen Engeln des Lichtes ihre Formen und Farben erhielten. Sie erfuhr, wie die Naturgeister über das Wachstum wachten und den Pflanzenkindern halfen, die in ihrem Samen verborgenen Kräfte zu entfalten. Voller Staunen und Verwunderung über die große Weisheit des Lehrers verließ Christina jedes Mal den „Orchideen-Tempel“ und versuchte sogleich, ihre täglichen Aufgaben noch besser als bisher zu erfüllen.

Viele Jahre, in der Zeitrechnung der Erdenmenschen betrachtet, vergingen so. Christina erfüllte ihre Aufgabe zur vollen Zufriedenheit der „Lehrer der Weisheit“, und das „Lebensgarten-Tal“ erblühte in größerer Schönheit als jemals zuvor. Oft ritt Christina auf Silberfellchen über die Wiesen und durch die Täler und erfreute sich an der unbeschreiblichen Herrlichkeit. Sie hatte inzwischen gelernt, die feinen Lebenskräfte, die alles umgaben, zu lenken und zu leiten und ihrer wahren Bestimmung zuzuführen. Immer klarer schaute sie das Lebenslicht, das hinter den Pflanzen und Tieren, hinter allem Leben aufleuchtete. Sie erkannte, daß allem Leben ein unbegreifliches Geheimnis innewohnt.

Christina war mit Silberfellchen flußaufwärts geritten, um die Wassergeister in der Nähe vom „Summvogel-Berg" zu besuchen. An einer kleinen Furt rasteten sie, um Silberfellchen trinken zu lassen. Christina schaute inzwischen einigen kleinen Nymphen zu, die vergnügt über die im Wasser ruhenden Felsen sausten. Während sie lachend dem Spiel der Naturgeister zusah, bemerkte sie ein Leuchten im Spiel der Wellen, das schnell heller wurde, als gehe eine Sonne über dem Fluß auf. Sie schaute sich um – und hinter ihr stand Pharaniel. Sprachlos sah sie zu ihm auf. Sie spürte, daß sein Kommen diesmal etwas Besonderes bedeuten müsse. Pharaniel reichte ihr seine Hände, und sie wußte, sie sollte mit ihm kommen.

Auf lichten Schwingen ging die Reise in eine Gegend, die Christina noch nie zuvor gesehen hatte. Sie erreichten einen gewaltigen Tempel, dessen Kuppel ihr so groß vorkam wie die Hälfte des „Lebensgarten-Tales". Aus allen Richtungen schienen Kinder zu kommen, begleitet von ihren Schutzengeln. Wunderschön waren sie alle anzuschauen, voller Liebe und Güte.

Die Engel führten ihre Schützlinge in einen Kerzensaal,

JONATHAN WILTSHIRE 1969

dessen flackerndes Licht sich in abertausend Farben brach. Über dem Saal wölbte sich die mächtige Kuppel, die Christina bereits von ferne erblickt hatte. Auf einem Teppich aus Lotosblüten, der aus dem Boden des Tempels zu wachsen schien, erblickte Christina ein Lichtwesen, dessen Schönheit alles übertraf, selbst die Herrlichkeit der Engel. Dieses Wesen schien sie alle gerufen zu haben. Christina schaute zu Pharaniel und empfing von ihm die Antwort, sie seien zu Gast beim „Hüter des Lebens".

Nach einiger Zeit bemerkte Christina, daß keine Kinder mehr zu kommen schienen, und kurz darauf erhob der „Hüter des Lebens" seine Stimme. Goldenem Licht gleich flossen seine Worte, und in atemloser Stille lauschten die Engel und die Kinder.

Der ganze Saal war erfüllt von Lichtwesen, die Christina noch nie zuvor geschaut hatte. Anscheinend gehörten sie zur Schar der „Lehrer der Weisheit" und waren zu diesem besonderen Tag in den Tempel gekommen.

Vom „Hüter des Lebens" erfuhren Christina und die anderen Himmelskinder, daß ihre Zeit in der Geisteswelt sich dem Ende nähere, und sie zurückkehren müßten auf die Erde, von der sie gekommen waren. Dort sollten sie ihren Erdengeschwistern von den Dingen berichten, die sie in den himmlischen Welten erlernt hatten. Als der „Hüter des Lebens" seine Botschaft beendet hatte, verstärkte sich das goldene Licht noch einmal, legte sich wie ein Segensgruß der Morgensonne auf alle Wesen, die im Tempel weilten, so daß Christina die Augen senkte und schloß. Als sie wieder aufschaute, war der Lotosblütenteppich leer.

Pharaniel nahm Christina an die Hand und geleitete sie in ein Zimmer im Seitenflügel des Tempels, wo sie ein duftendes Blütenbett vorfand. Dort legte sie sich nieder, während Pharaniel an ihrer Seite saß. Allmählich verspürte Christina eine Müdigkeit, wie sie sie in der Himmelswelt nie zuvor empfunden hatte. Sie bemerkte noch, wie Pharaniel einen silbernen Stab aus seinem Gewand zog und sachte ihr Herz berührte. Wie in einem Traum erschaute sie eine große Stadt, ein Haus mit einem Garten und zwei Menschen, deren Gesichter ihr seltsam vertraut vorkamen. Zwischen den beiden Menschen, ihre Namen waren Lilja und Carelius, leuchtete das gleiche goldene Licht, wie sie es beim „Hüter des Lebens“ gesehen hatte, nur besaß es nicht ganz dessen Glanz. Während Christina noch bemüht war, sich zu erinnern, woher sie die beiden Erdenwesen kannte, löste sich aus dem Lichtband von Lilja und Carelius ein Funke und flog auf Christina zu. Als er sie erreichte, hob Pharaniel den Silberstab von ihrem Herzen, und sie empfand, wie der Lichtfunke sie ganz umhüllte. Sie wollte noch eine Frage an Pharaniel richten, doch mit einem letzten Blick auf sein unsagbar gütiges und liebevolles Gesicht fielen Christina die Himmelsaugen zu. Sie war auf dem Weg zur Erde.

Im Haus Elfenreigen

Christina wuchs in einem schönen Haus am Rande einer kleinen Stadt auf. Ihre Eltern liebten sie sehr, denn sie war das einzige Kind von Lilja und Carelius. Da ihr Haus, Lilja nannte es „Elfenreigen“, am Rande eines Waldes lag, und es schon eines guten Stück Weges brauchte, bis man den ersten Nachbarn erreichte, wuchs Christina ziemlich allein auf. Sie besaß mehr Freunde unter den Tieren des Waldes als unter den Menschen. Besonders liebte sie aber die Blumen und Pflanzen in ihrem Garten und auf den Feldern und Wiesen. Wann immer es Lilja erlaubte, spielte Christina im Garten oder am Waldrand, und ihre Freunde im Federkleid oder im Pelzgewand besuchten sie.

Manchmal erhielten Lilja und Carelius Besuch, und mit ihm kamen auch andere Kinder ins Haus „Elfenreigen“. Christina zeigte ihnen dann die Blumenbeete, die kleinen Teiche und die Bäume im Garten. Wenn sie die Kinder, die zu Besuch kamen, besonders gern hatte, nahm sie diese mit in den Wald, um ihnen die versteckten Plätze zu zeigen, an denen sich die Naturgeister trafen. Da gab es einen Ort, den Christina besonders liebte, und den sie die „Drei Zaubertannen“ nannte. Es war ein besonders dichter Wald, und in seiner Mitte ragten drei große, dunkelgrüne Tannen empor, die einige Meter voneinander entfernt standen, sich aber im Laufe der Jahre in ihren Kronen vereinigt hatten und so eine wunderschöne Kuppel bildeten. Wer den Platz zwischen den Tannen betrat, den überkam das Gefühl einer großen, undurchdringlichen Stille. Es war, als sei man aus der normalen Erdenwelt herausgetreten und eingekehrt in ein anderes Reich. Als Christina zum ersten Mal „Drei Zaubertannen“ besucht hatte, waren ihr eine ganze Schar von Zwergen begegnet, die sich dort trafen. Sie schienen anfangs ein wenig verwundert zu sein, als Christina sie freundlich begrüßte, doch im Laufe der Zeit gewöhnten sie sich an das Erdenkind und schlossen Freundschaft mit ihr. „Drei Zaubertannen“ wurde auch von den Elfen und Sylphen, den Gnomen und Salamandern besucht – die alle das kleine Mädchen liebgewannen.

Nun hatte sich schon einige Male Merkwürdiges ereignet, wenn Christina mit anderen Kindern „Drei Zaubertannen“ besucht hatte. Wenn sie mit ihren Spielgefährten über das muntere Treiben der Naturgeister sprach, so schienen diese nicht zu verstehen, wovon die Rede war. Auf Fragen von Christina erzählten ihr die anderen Kinder, sie würden außer den Bäumen nichts sehen. Nie-

mand schien die Elfen und Zwerge und all die anderen Naturgeister zu erblicken. Verwundert fragte sich Christina, warum andere Kinder soviel weniger von den Geheimnissen der Schöpfung erschauten als sie.

Während sie an einem dieser Abende, als sie mit anderen Kindern im Wald gespielt hatte, in ihrem Bett lag, um nach einer Gute-Nacht-Geschichte von Lilja einzuschlafen, fragte sie ihre Mutter : „Warum können die anderen Kinder meine kleinen Freunde, die Sylphen und Zwerge und all die anderen, nicht sehen, Mutti ?“

Lilja schaute überrascht auf und vergaß, Christina ihren Gute-Nacht-Kuß zu geben. Ihr liebevolles Gesicht wurde für einen Augenblick ein wenig ernster, als sie Christina fragte : „Du kannst wirklich die Naturgeister sehen ?“

„Ja, Mutti“, erwiderte Christina.

Lilja ergriff Christinas Hand und schaute sie lange verwundert an. Dann sprach sie : „In alten Zeiten lebten die Menschen und die Naturgeister viel enger zusammen als heute. Damals war es noch stiller auf Erden, und die Menschen besaßen mehr Zeit. Heute haben die meisten Menschen verlernt, wahrhaft zu schauen und zu lauschen. So kommt es, daß kaum noch jemand die kleinen Wesen der Wälder und Gärten bemerkt. Weil Du die Blumen und Tiere so lieb hast, bekamst Du von Deinem Schutzengel eine besondere Gabe und darfst das Reich der Naturgeister betreten. Da die anderen Menschen diese Welt aber nicht zu sehen vermögen, bitte ich Dich, nur mit großer Achtsamkeit davon zu sprechen. Bewahre Deine Gabe als ein Geheimnis in Deinem Herzen."

Liebevoll strich Lilja Christinas Haar zurück und holte nun den vergessenen Gute-Nacht-Kuß nach.

Christina dachte noch ein wenig über die Worte ihrer Mutter nach, während sie allmählich immer müder wurde. Ganz kurz vor dem Einschlafen sah sie noch, wie ihr von Ferne ein kleines silbernes Pferd zunickte, das an einem Fluß in einem wunderschönen Tal graste – und sie begann zu verstehen.

In der großen Stadt

Als Christina neun Jahre alt geworden war, nahmen ihre Eltern sie das erste Mal mit in die große Stadt. Mit gespannter Erwartung sah Christina diesem Tag entgegen. Am frühen Morgen fuhr Carelius das Auto aus der Garage und Lilja und Christina stiegen ein. Los ging die Fahrt, der großen Stadt entgegen.

Allmählich wurde der Wald heller, und stattdessen tauchten an beiden Seiten der Straße Häuser auf, erst kleine, dann immer größere und höhere. Erstaunt bemerkte Christina, daß nicht mehr jenes Leuchten zu erkennen war, das ihren kleinen Ort und vor allem die Wälder und Felder umgab. Stattdessen sah sie häufig graue und dunkle Wolken, welche die großen Hochhäuser umhüllten und manchmal wie Nebelschleier durch die Straßen krochen. Sie fragte Lilja und Carelius nach den Ursachen für diese trüben Farben, doch beide wußten keine Antwort. Sollten sie etwa, wie bei den Naturgeistern, diese dunklen Nebelwolken gar nicht sehen ?

Der Verkehr wurde immer dichter und lauter, und bald waren sie ganz umgeben von lauter Autos, die in verschiedenen Richtungen unterwegs zu sein schienen. Endlich hielt Carelius an und stellte das Auto auf einem großen Platz ab, auf dem bereits zahllose andere Autos standen. Christina betrachtete genau die verschiedenen Autos und bemerkte, daß diejenigen, die sauber und schön aussahen, von einem hellen Licht umhüllt waren, während die schmutzigen und zerbeulten dieses Licht nicht besaßen. Die Autos schienen darüber recht traurig zu sein.

Zusammen mit ihren Eltern besuchte Christina zahlreiche Geschäfte. Sie bekam einige schöne neue Kleider und freute sich sehr darüber. Auch Lilja und Carelius kauften einige hübsche Anziehsachen, und allmählich füllte sich ihr Auto mit Tüten. Nicht alle Geschäfte gefielen Christina, und manchmal war man zu ihnen sehr unfreundlich. Mit der Zeit lernte sie zu unterscheiden, denn über den netten Geschäften mit den freundlichen Leuten sah sie immer etwas Schönes. Manchmal zierten Girlanden die großen Eingangstore oder bunte Kugeln, an einigen fiel ihr auch nur ein helles Licht auf. Als sie Lilja und Carelius davon erzählte, mußte sie erneut erfahren, daß ihre Eltern diese Dinge nicht sahen. Für sie glich ein Geschäft dem anderen. Allerdings gingen sie von nun an nur noch in jene Kaufhäuser, vor denen Christina die schönen Formen oder Lichter sah.

Am Nachmittag hatten sie alle Einkäufe erledigt und machten sich auf den Rückweg zum Auto. Sie überquerten einen großen Platz und bogen in eine Seitenstraße ein, als Christina plötzlich erschrocken aufschrie, Liljas Hand ergriff und sich eng an ihre Mutter drückte.

„Was hast Du denn ?“ fragte Lilja besorgt.

„Die schwarzen Wolken dort und die roten Blitze“, flüsterte Christina und zeigte auf ein großes Haus mit riesigen Eisentoren.

„Das ist das Schlachthaus“, erklärte Lilja. „Dorthin bringt man die Tiere, um sie zu töten. Von dort erhalten wir unser Fleisch, das Du in unserem großen Einkaufsgeschäft bekommst.“

Christina war immer noch sehr verstört und wollte um keinen Preis an diesem Haus vorbeigehen. Auf der Fahrt nach Hause dachte sie noch oft an dieses Haus und an die Tiere, die es dort bestimmt nicht gut hatten. Vielleicht war es gar nicht richtig, im Einkaufsgeschäft das Fleisch zu kaufen, wenn dafür die Tiere in jenes furchtbare Haus mit der dunklen Wolke und den Blitzen gebracht werden mußten.

Carelius fuhr auf dem Weg nach Hause eine andere Straße, weil er und Lilja noch einen Freund besuchen wollten, der Bilder malte. Er wohnte im Wald, in einem alten Bauernhaus. Als sie mit ihrem Auto auf eine Lichtung kamen und auf das Haus zufuhren, rief Christina begeistert aus : „Oh, seht doch, die vielen bunten Kugeln, die Papierschlangen und der wunderschöne Regenbogen." Lilja und Carelius schauten sich an, und Christina wußte, sie sahen all diese schönen Dinge nicht.

Der Maler Friedrich war ein netter Mann, der Christina sein ganzes Haus zeigte, seine Bilder und Malbücher und den wunderschönen Garten. Es war eine verzauberte Welt, in die Christina eingetreten war, und der Maler Friedrich schien sie zu verstehen. Sie konnte ihm von all den schönen Farben und Formen erzählen, die sie in seinem Haus erblickte, und er hörte ihr aufmerksam zu. Endlich war sie des Sehens müde, und nach kurzer Zeit war sie in einem der großen Sessel im Wohnzimmer eingeschlafen. Kurz bevor ihr die Augen zufielen, hörte sie noch, wie der Maler Friedrich zu Carelius sagte:

„Eure Tochter ist ein wahres Himmelskind."

Das gefiel Christina sehr, und sie schlummerte mit einem glücklichen Lächeln ein.

Bei den Wasser- und Luftgeistern

Der Sommer nahte mit Riesenschritten. Alles blühte im Garten von Haus „Elfenreigen", und die Abende wurden länger und wärmer. Nur noch wenige Schultage und dann würden für Christina die Sommerferien beginnen. Zum ersten Mal wollten ihre Eltern ans Meer fahren, und Christina konnte es kaum noch erwarten, bis es losging.

Endlich war es soweit. Das Auto ächzte ein wenig, so vollgepackt mit Reisesachen und Menschen. Die Fahrt zum Meer kam Christina endlos vor. So viele Menschen wollten zum Meer, und die Straßen schienen nicht genügend Platz für die vielen Autos zu bieten. Es war schon spät am Abend, als die Luft allmählich reiner wurde. Kurz darauf hörten sie das Rauschen der Wellen, und sie wußten, gleich hätten sie das Ziel ihrer Reise erreicht. Nach der Ankunft war Christina zu müde, um noch zum Strand zu laufen. Sie legte sich sofort ins Bett und fiel in einen tiefen, traumlosen Schlaf.

Die Morgensonne war schon ein schönes Stück auf ihrer

täglichen Reise vorangekommen, als einer ihrer Strahlen Christinas Nase kitzelte und sie so liebevoll aufweckte. Sie fühlte sich pudelmunter und war sehr tatendurstig. Blitzschnell zog sie sich an, sauste zum Frühstück auf die Terrasse und war in windeseile auf dem Weg zum Meer. Sie mußte nur ein kurzes Stück auf einem kleinen Pfad durch die Dünen wandern – dann sah sie den großen, unendlich weit reichenden Meeresteppich. Sie spazierte ein Weilchen nach Westen, wo sie auf einem kleinen Felsen ein Plätzchen ganz für sich allein fand. Sie setzte sich still hin und schaute dem wunderschönen Farbenspiel zu, das über dem Wasser funkelte.

Sie mochte eine ganze Weile so gesessen haben, als das Licht über den heranbrandenden Wellen plötzlich heller, strahlender wurde. Aus dem Wasser stieg eine goldene Fontäne auf, deren Tropfenregen in allen Farben schimmerte. Auf ihrer Spitze saß eine durchsichtige Gestalt, die zu Kristall gewordenem Wasser glich. Christina konnte die Augen nicht von ihrer glitzernden Herrlichkeit wenden. Wie wunderschön sie war!

„Wer bist Du?“ fragten ihre Gedanken.

„Ich bin Arajane, die Königin der Wassergeister.“ Wie ein Betupfen mit den Spritzern der Wasserfontäne war die Antwort gekommen. „Sei willkommen in meinem Reich. Wenn Du möchtest, darfst Du heute meine Welt besuchen.“

„Ich möchte“, erwiderte Christina und streckte Ara-

jane ihre Hände entgegen. Sie spürte eine kühle, prikkelnde Berührung und fühlte, wie ihr Körper am Strand zurückblieb, während ihr wahres Wesen ganz schwerelos wurde. Sie schwebte auf die Fontäne zu und sah noch, wie ihr Körper am Strand zurückblieb, wie ihr Nachthemd, das sie am Morgen ausgezogen hatte.

Arajane begrüßte sie im Reich der Naturgeister und führte sie durch ihre Welt. Christina lernte die kleinen Wasserwesen kennen, die als Tautropfen die Blumen benetzten. Sie begrüßte die Flußgeister, die Nymphen und Nereiden, die über allem Leben in den kleinen Bächen und großen Flüssen wachen. Dann nahm Arajane sie mit zu den mächtigen „Herren der Meere", denen sie ehrfurchtsvoll von Ferne bei ihrem Wirken zusah. Sie schienen gewaltige Kräfte zu besitzen und wachten über allem Leben der großen Meere. Sie waren zu beschäftigt, um sich persönlich um Christina zu kümmern, worüber sie auch ein wenig froh war, denn sie kam sich doch zu winzig vor, angesichts der mächtigen „Herren der Meere".

Als sie eine ganze Weile in Arajanes Reich umhergewandert war, sprach sie zu Christina : „Du hast nun alle Wunder meiner Welt gesehen. Doch bevor ich Dich zurücktrage, möchte Dich mein Freund Boroborus, der „Herr der Luftgeister", noch begrüßen. Komm, wir wollen zu ihm eilen."

Ein gewaltiges Brausen kam auf, und Christina fühlte

sich wie von Riesenhänden emporgehoben. Sie flogen durch die Lüfte, und Christina kam sich vor wie ein Schmetterling im Sturm. So plötzlich wie sie begonnen hatte, endete ihre Reise auch. Sie vernahm eine tiefe Stimme, die wie Donnerhall erklang.

„Ich bin Boroborus, der König der Luftgeister. Willkommen in meinem Reich." Arajane begrüßte Boroborus und vertraute ihm Christina an. Sie mußte zurückkehren, denn die Arbeit im Reich der Wassergeister wartete auf sie. Boroborus nahm Christina zu sich in seinen Wolkenwagen und jagte mit Sturmgebraus davon.

So lernte Christina die Luftgeister kennen, die Elfen, die über dem Blumenreich wachten; die großen Sylphen, die sich um die Ernte und das Wachstum der Pflanzen kümmerten; und die Windgeister, die zusammen mit den Wassergeistern für Sonne und Regen sorgten. Meistens traf Christina liebliche Wesen und lustige Gesellen, nur die mächtigen Sturmgeister kamen ihr nicht ganz geheuer vor. Doch Boroborus erklärte ihr, sie würden mit ihren gewaltigen Kräften nur das hinwegblasen, was auf der Erde nicht länger von Nutzen sei. Dies beruhigte Christina sehr.

Als Boroborus sie durch sein ganzes Reich geführt hatte, rief er einen der Luftgeister, der in windeseile auf einer Wolke herangesaust kam. Ihm trug er auf, Christina zurück zum Meeresstrand zu bringen. Dann verabschiedete er sich von Christina, und sie sah nur noch,

wie sein Gesicht in einem funkelnden Wirbelsturm verschwand.

Ihre Wolke trug Christina behutsam zum Meeresstrand zurück, und ehe sie sich versah, fand sie sich wieder zwischen den Dünen sitzen.

Es wurde noch ein wunderschöner Urlaub am Meer für Christina; und wenn sie mit den großen weißen Schiffen zu den Inseln fuhr, tauchten gelegentlich ihre Freunde aus dem Reich der Wasser- und Luftgeister auf und winkten ihr heimlich zu – und Christina winkte zurück, ohne daß es jemand bemerkte.

Bei den Erdgeistern

Im folgenden Jahr hatte man im Haus „Elfenreigen“ beschlossen, den Sommerurlaub in den Bergen zu verbringen. Wieder wurde das große Auto gepackt – und los ging die Fahrt.

Als sie sich von weitem den großen Berggipfeln näherten, spürte Christina, daß sie hier ganz anderen Wesen als am Meer begegnen würde. Alles schien ein wenig strenger zu sein, und die weißen Bergriesen betrachtete sie doch mit rechter Ehrfurcht. Majestätisch blickten sie herab auf das kleine Dorf, in dem Carelius, Lilja und Christina ihren Urlaub verbringen wollten. Selbst Waukie, Christinas neuer Hund, genauer müßte man sagen eine Mischung aus vielen Hunden, wedelte mit dem Schwanz, als wollte er sagen : „Ganz schön beeindruckend.“

In den ersten Tagen wanderten sie alle erst einmal im Tal, an einem kleinen silberfarbenen Bach entlang, weil ihnen hier oben in den Bergen ein wenig die Puste fehlte. Doch allmählich gewöhnten sie sich an die Höhe, und am Morgen des vierten Tages beschloß Christina, mit Waukie einen der Berge zu besteigen. Sie wanderten vergnügt los und kletterten munter die steilen Pfade empor. Als sie dem Gipfel schon recht nahe gekommen waren, bemerkte Christina eine kleine Höhle, die ein wenig seitlich des Kletterpfades in die Felsen führte. Irgendwie interessierte Christina diese Höhle, und sie beschloß, sie zu erkunden. Es war nicht allzu schwer, über einige kleine Felsen und ein paar Büschel von Alpenröschen zum Eingang zu gelangen.

Die Höhle schien stockfinster zu sein, doch dies lag am Wechsel vom hellen Licht der Gebirgssonne zum Dunkel der kühlen Höhle. Nach einigen tastenden Schritten gewöhnten sich Christinas Augen an die Dunkelheit, und sie kletterte mutig weiter. Schon nach wenigen hundert Metern wurde die Höhle enger und endete mit einem engen Spalt. Er war so schmal, daß selbst ein kleines Mädchen wie Christina nur mit Mühe hindurch paßte. Als sie sich durch den engen Durchlaß hindurchgezwängt hatte, blieb sie mit einem überraschten Ausruf stehen. Vor ihr erstreckte sich ein dunkelblauer, funkelnder See. Durch einen kleinen Einschnitt fiel aus großer Höhe Licht in die Höhle, das von zahllosen Bergkristallen widergespiegelt wurde, die den See von allen Seiten umgaben. Das Glitzern der Kristalle auf der Wasseroberfläche war so hell, daß Christina für einen Moment die Augen schloß. Erschrocken öffnete sie die Augen wieder, als eine Stimme sagte : „Willkommen am Kristallsee."

Christina schaute auf und erblickte vor sich eine Gestalt, die nur wenig kleiner als sie selbst war, aber viel älter zu sein schien.

„Wer bist Du ?“, wollte Christina wissen.

„Mein Name ist Maldorit. Ich bin der „Herr der Zwerge“ in diesem Gebiet und heiße Dich willkommen im Reich der Erdgeister.“

„Mein Name ist Christina“, erwiderte Christina und machte artig einen Knicks. Darüber wunderte sie sich selbst, denn erstens mochte sie keine Knickse und zweitens war ein Knicks wohl auch nicht die richtige Begrüßung für einen Zwerg. Doch Maldorit schien es gefallen zu haben, denn er schmunzelte und nahm Christina an die Hand.

„Komm, kleines Menschenkind, ich werde Dir unsere Welt zeigen“, sprach er und ging mit Christina auf einen großen Kristall zu. Er zog einen winzigen Stab hervor, berührte den Kristall, murmelte dazu einige Worte, die Christina nicht verstand – und der Kristall öffnete sich, um sie einzulassen. Sie betraten einen langen Saal, dessen Wände voller Kristalle und Edelsteine waren, die in den schillerndsten Farben funkelten. Christina erfuhr von Maldorit, daß hier die Edelsteine aufbewahrt wurden, die im Menschenreich verloren gingen oder dort ihre Aufgabe erfüllt hatten. Die Zwerge reinigten sie und achteten darauf, daß sie wieder in gute Hände gelangten.

Durch den großen Edelsteinsaal führte sie Maldorit in einige kleine Zimmer, die aus dem Felsen gehauen waren. Dort waren die Zwerge beschäftigt, neue Edelsteine aus den Felsen zu befreien. Mit Spitzhacken und Hämmern arbeiteten sie unermüdlich, um die glitzernden und funkelnden Rubine, Smaragde, Saphire oder Aquamarine aus ihrer Gefangenschaft im Felsen zu erlösen.

„Die Edelsteine werden für die Menschen noch von großer Bedeutung sein", erklärte Maldorit Christina.

„Wenn Deine Menschengeschwister gelernt haben, mit den Edelsteinen nur zu heilen und zu helfen, werden wir ihnen das Wissen um ihre verborgenen Kräfte zurückbringen, das bis auf den heutigen Tag von den Erdgeistern bewahrt wird."

Maldorit zeigte Christina noch lange die Geheimnisse seines Reiches, und Christina lernte die wundervollen Kräfte kennen, die in den Edelsteinen ruhen und warten, bis ihre Zeit gekommen ist.

Am Ende ihrer Reise brachte sie Maldorit zum Kristallsee zurück und verabschiedete sich von Christina. Er winkte ihr zu, während sie durch das Kristalltor schritt und versprach, sie würden sich wiedersehen.

Durch den schmalen Spalt kletterte Christina dem Ausgang der Höhle entgegen, wo Waukie schon ungeduldig auf sie wartete und hoch erfreut mit dem Schwanz wedelte.

Bei den Baumgeistern

Einige Jahre waren ins Land gezogen und Christina zu einem hübschen Mädchen herangewachsen. In wenigen Tagen sollte sie ihren achtzehnten Geburtstag feiern, und zu diesem Anlaß hatten Lilja und Carelius ihr eine Reise über das große Wasser in das Land im Westen versprochen. Alle Vorbereitungen waren abgeschlossen, und die Fahrt ging zum Flughafen. Für Christina war es die erste Reise mit dem Flugzeug, und sie beobachtete alles ganz genau. Mit gewaltiger Energie hob das Flugzeug vom Boden ab, und schon bald schienen sie schwerelos durch den Raum zu schweben. Der Sonne entgegen führte ihre Reise. Winzig klein schienen die Städte und Länder, wenn Christina zur Erde hinabsah. Oft flogen sie weit über den Wolken, denen sie verträumt bei ihrem luftigen Spiel zuschaute. Während sie die im Wind treibenden Wolken beobachtete, begannen ihre Augen plötzlich schwer zu werden und fielen zu. Gleichzeitig wurde es sehr hell, wie in einem von Licht erfüllten Traum, und sie schaute eine leuchtende Schar von Engeln, die das Flugzeug zu begleiten schienen. Während sie die Lichtwesen bewundernd betrachtete, vernahm sie in ihrem Herzen die Botschaft, daß sie das Flugzeug und alle Passagiere behüten und wohlbehalten zum Ziel geleiten würden. In diesem Moment fühlte sich Christina wieder hellwach, und als sie die Augen öffnete, schaute sie noch das goldene Licht der Engel, bevor die Wolken wieder ihrem gewohnten Spiel mit dem Wind nachgingen.

Ganz sanft landete ihr Flugzeug, und Christina freute sich über die strahlende Sonne, die Palmen, das Meer und die freundlichen Menschen. Vielleicht waren die Menschen so freundlich, weil hier fast immer die Sonne von einem blauen Himmel herablachte.

Die Tage vergingen, und Christina freute sich über jede Stunde ihrer Ferien.

In der zweiten Woche war ein großer Ausflug geplant. Sie wollte hinauf in die Berge zu den großen Bäumen fahren – zum „Riesenwald“. Die Straße zum „Riesenwald“ schlängelte sich in zahllosen Windungen ein wunderschönes Hochtal hinauf. Die Felsen kamen immer näher, ein kleiner Gebirgsbach rauschte, und riesige bunte Schmetterlinge umflatterten ihr Auto. Als sie fast auf zweitausend Meter Höhe geklettert waren, erblickte sie die ersten Baumriesen – die „Hüter des Tales“. Wie zwei gewaltige Wächter bildeten sie zur linken und zur rechten Seite der Straße ein Tor, das jeder passieren mußte, der in den „Riesenwald“ wollte. Sie fuhren noch ein kurzes Stück, dann hatten sie die kleine Häusersiedlung im „Riesenwald“ erreicht. Mitten unter den Baumriesen befanden sich einige kleine Häuschen, in denen sie die nächsten Tage verbringen sollten. Wie winzige Zwerge erschienen Christina die Menschen angesichts der mächtigen Bäume. Gleich nach dem Aussteigen rannte sie auf die ersten zu, um sie zu begrüßen. Wie uralter Samt fühlten sich die Stämme an, weich und freundlich. Zugleich empfand Christina eine tiefe Ruhe und außerordentliche Weisheit, die von den Bäumen ausstrahlte. Sie winkte allen im Licht der untergehenden Sonne zu, bevor sie ihren Schlafplatz in einer der kleinen Hütten suchte.

Am nächsten Morgen konnte Christina kaum den Sonnenaufgang erwarten. Schnell zog sie sich an, um in den Wald hinauszulaufen. Kaum war sie vom Parkplatz unter die Schatten der ersten Bäume getreten, hüllte sie unbeschreibliche Stille und Frieden ein. Es war, als sei sie in eine große, leere Kathedrale gekommen, in der nur Schweigen herrschte. Sachte berührten ihre Hände die Baumriesen, und sie spürte, wie ein liebevolles Licht sie umfing, so als neigten die Bäume ihre Wipfel, um sie zu begrüßen und mit ihrer Blätterkrone zu umarmen. Ganz still setzte sich Christina auf die gewaltigen Wurzeln und schaute empor, wo sich der blaue Himmel zwischen knorrigen Baumwipfeln zeigte. Die Sonne zog wie silberner Nebel durch die hoch aufragenden Stämme, und je länger Christina schaute, desto mehr schienen die Sonne und die Bäume ineinander überzugehen. Es war ihr, als sei der „Riesenwald" zu Bäumen gewordene Sonne.

Alle Zeit schien stillzustehen, nur das Licht umfloß Christina und das sanfte Rauschen des Windes. Die Windgeister spielten in den Blätterkronen, und Christina blickte zu ihnen empor. Was sie erschaute waren jedoch nicht nur die Windgeister, sondern auch Scharen von lichten Engelwesen. Sie glichen zwar in der Gestalt nicht ihrem Schutzengel, doch Christina hatte noch nie andere Wesen gesehen, die ihnen ähnelten.

„Wir sind Fandornam und Fandornim, die Hüter der Bäume", vernahm Christina im flüsternden Rauschen der Blätter. „Du bist uns willkommen im Riesenwald, im Reich der ältesten Wesen dieser Erde. Viele Könige und Weltreiche sahen wir aufsteigen und untergehen – und noch immer wachen die Bäume über der Welt. Seit tausenden von Jahren schon leben wir hier, und auch in tausenden von Jahren noch werden wir von der Stille künden und von dem großen LICHT, das in uns lebt."

Ehrfürchtig hatte Christina den erhabenen Baumgeistern gelauscht und ihre wunderschönen Formen bewundert. Wie riesige Lichtkreuze wachten sie über den Bäumen und behüteten sie.

Fandornam und Fandornim führten Christina noch lange durch den Wald, wie eine Lichtsäule über ihr schwebend, und offenbarten ihr die Geheimnisse des

„Riesenwaldes“. Dabei begegnete sie auch einigen Feuergeistern, deren Spuren im Wald überall zu sehen waren. Manche Bäume waren vom Feuer fast ausgehöhlt, ragten aber immer noch stolz in den Himmel empor. Die Feuergeister erfüllten ihre Aufgaben und waren notwendig im Plan der Natur, aber sie waren keine sehr freundlichen Wesen und kamen dem Menschen nur selten nahe. Die Baumgeister dagegen schenkten ihren Segen allen Menschen, die ihr Reich betraten. Sie umhüllten sie mit ihrem Licht, und niemand verließ ihre Welt, ohne sich gestärkt und neu belebt zu fühlen.

Der Besuch im „Riesenwald“ blieb Christinas schönstes Erlebnis auf ihrer Reise. Die Tage flogen dahin, unbeschwert und von Sonne erfüllt, bis der Tag der Abreise kam. Wieder trug sie das große Flugzeug auf silbernen Schwingen über das Meer, und die lichten Engel behüteten ihre Reise.

Die Lehrerin

Zurückgekehrt von der Reise ins Land des „Riesenwaldes“, lebte Christina noch einige Jahre im Haus „Elfenreigen“. Inzwischen war sie eine schöne junge Frau geworden, und so kam es, daß ein junger Maler sie liebgewann und die beiden heirateten. Sie fanden ein schönes Haus in den Bergen, wo sie zusammen lebten und arbeiteten.

Viele Menschen kamen zu Christina, die Sorgen und Nöte bedrückten – und für alle fand sie ein liebevolles und helfendes Wort. Die Baum- und die Luftgeister, die Erd- und die Wassergeister sowie die Engel des Lichtes standen ihr zur Seite, und im Einklang mit der großen Weisheit dieser Wesen wirkte Christina zum Segen der Menschen.

Auch nachts, wenn sie ihr Körpergewand zur Ruhe legte und in das Reich des Lichtes und der Liebe eintrat, half sie den Menschen, die sie im Schlaf besuchten. So kann sie auch heute jeder um Rat fragen, wenn es zum Guten der Menschen dient. Man braucht vor dem Einschlafen nur an Christina zu denken, und die Schutzengel werden alle Ratsuchenden zu ihr führen. Dann werden sie Christinas Sternenaugen ansehen, und in ihnen spiegelt sich die Liebe unseres göttlichen Vaters und unserer göttlichen Mutter.

Peter Michel

Das sirianische Sonnenschloß

Mit verzaubertem Klang ruft Sie die sirianische Flöte, und mit silbernen Tönen grüßen Sie die Glocken des Sonnenschlosses.

Wundersamen Wesenheiten können Sie auf der Wanderung durch himmlische Sphären begegnen. Sie treffen die „Devas des tausendblättrigen Lotos" und wohnen dem „Rat der Kosmischen Mütter" bei.

Auf lichten Geistesschwingen erklimmen Sie die „Kristalltreppe von Fangyr" und vernehmen den Ruf des „Ewigen Wanderers".

Folgen Sie den glänzenden Boten vom „Strahlenfeuer der Plejaden" und schmücken ihre Seele, um am „Sonnentanzfest der Sterngeister" teilzunehmen. Die Sternenschlösser öffnen einladend ihre Tore und enthüllen die Mysterien des Universums.

Ziehen Sie mit hinaus, auf dem unendlichen Pfad der „Dualseelen", geboren aus zeitloser Quelle, wandernd von Herrlichkeit zu Herrlichkeit.

Der „Kosmische Hirte" schenkt ihnen den Zauberstab, der die Pforten zur Märchen-Einweihung öffnet.

Es geht ständig lichtwärts – dem sirianischen Sonnenschloß entgegen.

Wunderschöne Gemälde von Heita Copony schenken auch ihrem physischen Auge Impressionen der lichten Welten!

Peter Michel

Der verzauberte Aquamarin

Geschichten aus einer anderen Welt

Die abendländische Welt ist von Tag zu Tag hektischer und lauter geworden. Durch die schrillen Töne des Alltags wird es immer schwerer, die zarten Worte des eigenen innersten Wesens zu vernehmen – die Stimme der Stille.

Wann haben Sie zuletzt mit ihrer Familie oder mit Freunden an einem ruhigen Abend zusammengesessen und den Abenteuern aus der geheimnisvollen Welt der Feen und Zwerge gelauscht? Es ist schon lange her? Dann sollten Sie schnellstens einen Märchenabend gestalten.

Wäre es nicht aufregend, mit Chrystalia durch das Zwergenreich zu wandern, um dabei zu erfahren, warum die Zwerge unsichtbar sind?

Möchten Sie nicht mit Silberwind und Silberwolke die wunderschöne Feenburg erkunden?

Wollen Sie das Geheimnis des Hüters der Drachen erforschen?

Haben Sie schon Kunde von den Botschaften der Weißen Bruderschaft vernommen?

Wenn Sie all dies und noch mehr interessiert, wenn Sie vom Baum des Lebens und von den verborgenen Schriftrollen der Weisheit im Bergkloster des Himalaya hören wollen – dann suchen Sie den „verzauberten Aquamarin".

Ein Märchenbuch für Kinder und Erwachsene – oder gar mehr als ein Märchenbuch??